CW00684352

Écoutez…
On entend les rossignols.
Les petits oiseaux
font leur premier vol.
C'est l'heure d'aller à l'école.

Pour Marie-Agnès,
la plus gentille des maîtresses.

ISBN 978-2-211-04635-0
Première édition dans la collection *lutin poche* : octobre 1997

Loi numéro 49 956 du 16 juillet 1949 sur les publications
destinées à la jeunesse : septembre 1994
Dépôt légal : septembre 2012
Imprimé en France par I.M.E. à Baume-les-Dames

Alain Broutin

Calinours va à l'école

illustré par Frédéric Stehr

lutin poche de l'école des loisirs
*11, rue de Sèvres, Paris 6e*

« Bonjour ! C'est moi, Calinours.
Je vais à l'école.
En chemin, je m'amuse bien.»
« Coucou ! Mademoiselle Pinson !
Cherchez-moi dans les buissons !
Coucou ! Mademoiselle Perdrix !
Je suis là, dans la prairie ! »

Voici monsieur Sanglier.
« Ohé ! Calinours ! » dit-il.
« Viens jouer avec moi,
je vais t'apprendre à dessiner
et à peindre avec les pieds. »

« Pour faire une peinturlupette,
on touille dans la barbouillette,
ensuite on fait des mouillettes
avec les deux pieds
et on saute sur le papier. »

Calinours dit : « Pour terminer,
j'écris mon nom avec le nez. »
Monsieur Sanglier rigole.
« Ah là là ! » dit-il.
« Quel chantier dans cette école ! »

« Au revoir », dit Calinours,
« je prends ma peinturlupette
et je cours vite à l'école :
je suis en retard. »

Tiens ! Voilà monsieur Renard.
« Ohé ! Calinours ! » dit-il.
« Viens jouer avec moi,
j'ai de la pâte à modeler. »

« D'abord, on fait des pâtés,
ensuite, on fait des patates ;
rien que de le dire,
ça fait déjà rire.
On piétine avec les pattes,
on tasse avec le derrière,
et ça fait un camembert. »

Calinours dit : « Pour terminer,
je fais semblant de le manger. »
Et monsieur Renard rigole.
« Ah là là ! » dit-il.
« Quel bazar dans cette école ! »

« Au revoir », dit Calinours,
« j'emporte mon camembert
et je cours vite à l'école :
je suis en retard. »

Les oiseaux le suivent et chantent :
« Ohé ! Calinours ! Va vite te baigner.
Tu as le derrière tout collant
et le museau tout barbouillé. »

Voici la rivière qui clapote.
Madame Grenouille et monsieur Crapaud
font trempette dans les roseaux.
« Calinours ! Viens avec nous ! »

Calinours entre dans l'eau.
Il frotte son museau
et madame Grenouille
lui chatouille le ventre
et monsieur Crapaud
lui gratouille le dos.

Ça y est ! Calinours est propre.
Avant de partir,
il cueille un joli bouquet
pour offrir à sa maîtresse
qui s'appelle Marie-Agnès
et qu'il aime beaucoup, beaucoup.

Enfin, il arrive à l'école.
« C'est toi, Calinours ? »
dit Marie-Agnès.
« Oh ! Le beau bouquet !
Que je suis heureuse !
Mais où étais-tu passé ?
L'école est finie, tu sais,
tous les élèves sont partis.
On a fait de la peinture et de la pâte à modeler. »

COLE DES
SSONNADES

« *Moi aussi !* » dit Calinours.
« *J'en ai fait autant, regarde !* »
« *Le beau camembert !* » dit Marie-Agnès.
« *Je le mets dans la dînette.*

La jolie peinturlupette,
je vais l'accrocher au mur.
Bravo, Calinours ! Tu mérites un gros bisou.»

«Maintenant, il faut rentrer.
Demain, Calinours, ne t'arrête pas en chemin,
je veux te voir en premier.»
«C'est promis», dit Calinours,
et il repart en chantant.

« Demain, j'irai à l'école,
dans celle de ma vraie maîtresse.
J'arriverai en premier
et je vais bien travailler. »